AF396596

ABEILLE ET FLEUR

SIMPLE LETTRE

NANCY 1881

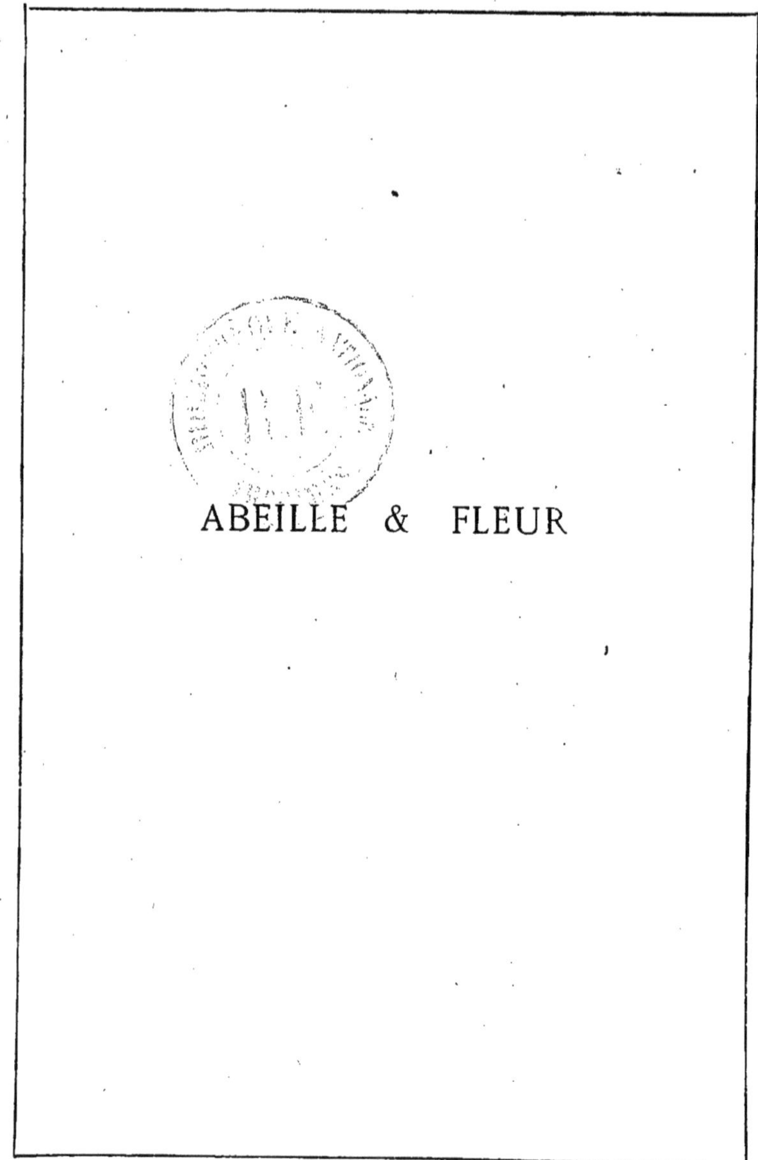

ABEILLE & FLEUR

I.

Chère Enfant,

.... Vous êtes pareille
A l'humble et diligente abeille,
Qui, chaque matin de beau jour,
Va, vient, gaîment prend sa volée,
Dans une riante vallée,
Savourant les fleurs tour à tour...

Là, chaque corolle arrosée
De tendres gouttes de rosée,
Scintille aux feux naissants du jour...
Beaux diamants, riche parure,
Dieu vous répand dans la nature,
Comme un gage de son amour...

Dans cette mystique prairie,
Écrin ouvert, plaine fleurie,
Coule un limpide et frais ruisseau...
Son onde fuit sous la verdure,
Et mêle son léger murmure
Au gazouillement de l'oiseau...

Tout est charmant et plein de vie,
L'âme s'émeut, elle est ravie...
Les fleurs, sous de légers zéphyrs,
Courbent leurs tiges ondoyantes,
Et les relèvent frémissantes,
Sous ces harmonieux soupirs...

Soupirs divins... Belle nature,
Vous chantez Dieu..., tout le murmure,
Le chrétien l'adore en son cœur...
L'abeille en voltigeant bourdonne
Ce nom si doux, et s'abandonne
A butiner sur chaque fleur...

Combien elle semblait heureuse,
L'agile et frêle voyageuse !
L'air était pur..., puis un beau ciel
Lui présageait bonne journée,
Une fructueuse tournée,
Augmentant son rayon de miel...

II.

Pourtant, le beau ciel devint sombre,
Vallée et fleurs... tout fut dans l'ombre,
Comment donc songer au retour ?...
C'était la nuit où tout sommeille,
Le passereau comme l'abeille,
Pour attendre l'aube du jour...

Lentement vole la pauvrette,
Plus de doux chants... Elle est muette,
En cherchant où se reposer...
Elle voit une fleur penchée,
Comme une pauvre fleur fauchée,
Sur elle, elle vient se poser...

La fleur entr'ouvrant son calice
Offre à l'abeille, avec délice,
D'y reposer pendant la nuit...
J'accepte, ô ma fleur bien aimée,
De votre corolle embaumée,
L'humble et charmant petit réduit.

Combien je suis reconnaissante !...
Mais, vous me paraissez souffrante ?...
Oui, dans ce paisible séjour,
Je sens que ma tige affaiblie,
S'affaisse et doucement se plie,
Sous le poids accablant du jour...

Dieu fera tomber sa rosée,
Et votre racine arrosée,
Prendra bientôt plus de vigueur...
J'ai vu souvent chose pareille,
Croyez en une simple abeille,
Et confiez-vous au Seigneur.

Pour moi, je sens que ma tendresse
Est toute à vous... Elle me presse
De vous aimer de tout mon cœur...
Et Dieu nous réunit, sans doute,
Pour que, dans ma pénible route,
Je ressente un peu de bonheur...

Et vous, humble fleur, sur la terre,
Vous paraissez si solitaire,
Presque abandonnée en ce lieu ?...
Je vous donnerai l'espérance,
Le courage dans la souffrance,
En vous parlant souvent de Dieu...

La plus infime créature,
Comme le roi de la nature,
Est l'objet de tout son amour...
Ne vous croyez point délaissée
Et que votre tige affaissée,
Se relève au matin du jour...

Demain, je reprendrai ma voie,
Volant où le bon Dieu m'envoie,
Choisissant les plus belles fleurs...
Afin qu'en abeille fidèle,
Je lui rapporte sous mon aile,
Un miel aux divines saveurs...

Ces fleurs, des vertus sont l'image,
Et c'est l'ineffable partage,
Des cœurs virils et généreux...
En savourant chacune d'elles,
Dans l'amour des divins modèles,
Pour toujours, ils seront heureux...

Dans le doux murmure de l'onde,
J'entrevois la grâce féconde,
Ranimant notre faible amour...
Et dans l'oiseau, notre bon ange,
Chantant son bonheur sans mélange,
En veillant sur nous, chaque jour...

Beaux diamants dont le feu brille
Dans la goutte d'eau qui scintille,
Et reflète mille couleurs...
Joyaux des cieux, divines larmes,
De vos incomparables charmes,
Vous couronnerez nos douleurs...

Zéphyrs qui parcourez l'espace
Souffle béni de Dieu qui passe
En inclinant de tendres fleurs,
Vous êtes le souffle de vie,
Qui rafraîchit et vivifie
En inclinant vers Dieu les cœurs.

Chants de la matinale abeille,
Refrains de l'oiseau qui s'éveille,
Concerts d'innocence et d'amour...
Dans les splendeurs de la lumière,
Soyez l'hymne et l'humble prière
Que l'âme chante tour à tour.

Et quand, notre course finie,
Dieu voit dans la ruche bénie
Notre petit rayon de miel,
Dans son amour et sa tendresse
Il comble nos cœurs d'allégresse,
Il se donne avec son beau ciel...

Je reviendrai dans la vallée,
Visiter la fleur isolée,
Lui donner le baisser de paix...
Son hospitalité touchante,
Qui m'attendrit et qui m'enchante,
Je ne puis l'oublier jamais...

III.

La pauvre fleur était ravie,
Cette voix lui rendait la vie,
C'était comme un divin secours...
Que votre cœur, aimable abeille,
En cette heureuse et longue veille,
Me parle du bon Dieu toujours..

Car une fois la nuit passée,
Je serai seule et délaissée,
On attend votre prompt retour...
Et voici la fleur qui vous aime,
Redoutant un adieu suprême,
... L'aube matinale du jour...

Car enfin, vous êtes abeille...
Il vous faut fleur tendre et vermeille,
Non point un rameau desséché...
Il vous faut la fleur embaumée,
Plus suave, plus parfumée,
Et non un brin d'herbe penché...

En moi, je n'ai rien qui peut plaire,
Et j'ai même tout le contraire...
Je n'ai ni parfum ni saveur...
Le miel, selon votre coutume,
N'est point composé d'amertume,
Mais bien d'une exquise douceur...

Pauvre fleur d'un humble parterre,
Moi, je suis rivée à la terre...
Vous parcourez l'azur des cieux...
Du haut des régions sublimes,
Priez pour les êtres infimes,
Chantez des chants harmonieux...

IV.

Chantez, chantez, petite abeille,
De Dieu l'éternelle merveille,
Marie au nom puissant et doux...
Chantez ce nom avec les anges,
Rejoignez leurs saintes phalanges,
. .Et, dans le ciel, chantez pour nous.

Oui, chantez... Priez pour le monde
Oscillant dans la nuit profonde
De ses criminelles erreurs...
Pour que la Vierge magnanime
L'arrête au penchant de l'abîme,
Creusé par d'aveugles fureurs.

Priez pour notre pauvre France,
Afin qu'un rayon d'espérance
Illumine son front meurtri...
O Vierge !... Dans votre tendresse,
Regardez sa grande détresse,
Écoutez son suprême cri !...

Saints anges déployez vos ailes
Quittez les cîmes éternelles
La France attend votre secours...
Descendez du séjour de gloire,
Venez... donnez-lui la victoire,
La paix, la foi de ses beaux jours.

De cruels enfants en délire,
De Dieu ne veulent plus l'empire
Ils outragent sa sainte loi...
Hâtez son jour de délivrance,
O Dieu ! ne traitez point la France
En peuple qui n'a plus la foi !

Il est encor des âmes saintes,
Portant les divines empreintes
De votre incomparable amour...
Que vos tendresses paternelles,
Dans vos sentences éternelles,
Seigneur, prévalent sans retour!...

Je suis si pauvre en ma nature,
Et si petite créature,
Frêle rameau, chétive fleur,
Corolle à peine parfumée!
Mais, pour ma France bien aimée,
Je sens des parfums plein mon cœur.

Entendez-vous petite abeille?
Au mot parfum... prêtez l'oreille,
Prenez... c'est mon petit trésor,
Qu'il soit tout entier pour la France...
Les petits donnent leur souffrance,
Que les puissants donnent leur or!

Vous, dans l'extase et la prière,
Dans l'éblouissante lumière,
Dans le ravissement des cieux,
Chantez... et répandez votre âme
Comme une vive et douce flamme,
Comme un parfum délicieux...

Chantez, chantez, petite abeille,
De Dieu l'éternelle merveille,
Marie au nom puissant et doux...
Chantez ce nom avec les anges,
Rejoignez leurs saintes phalanges,
. .Et, dans le ciel, chantez pour nous.

...Accents divins... Voix ravissantes !...
Plongez nos âmes frémissantes,
Au sein de la félicité...
Honneur, louanges à Marie,
Dans la radieuse patrie,
Pendant toute une éternité !

NANCY. — TYPOGRAPHIE G. CRÉPIN-LEBLOND.